KB250129

당신의
사랑으로 남고 싶습니다

이가출판사

당신의 사랑으로
남고 싶습니다

읽기 전에

우리는 끝없이 만남을 반복하면서 사랑을 하게 되고 또 느끼게 됩니다. 하지만 사랑이 언제나 무지개빛일 수만은 없습니다.

사랑의 지루한 기다림도 사랑으로 인한 상처도 이별 뒤에 느끼는 외로움도 우리는 함께해야만 합니다. 하지만 이러한 것들이 두려워 사랑을 포기한다면 삶 자체를 포기하는 것과 같습니다.

진정한 사랑은 사랑으로 인한 상처를 치유해 주며 삶의 무게를 덜어 주고 무엇보다도 살아가는 기쁨과 즐거움을 안겨줍니다.

여기 수록한 한 편 한 편의 아름다운 시는 우리를 기쁘게
합니다.
무의미하게 지나쳐 버리기 쉬운 작은 사물에 대하여도 시
인의 눈에는 전혀 다른 아름다움으로 표현될 수 있기 때
문에 시는 읽는 이로 하여금 세상에 이렇게 아름다운 면
도 있다는 사실을 느끼게 해줍니다.

차 례

하나 하루밖에 살 수 없다면 당신만은 사랑하지 않을 겁니다

하나

하루밖에 살 수 없다면

당신만은 사랑하지 않을 겁니다

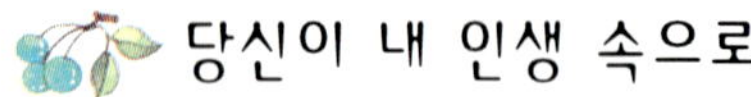# 당신이 내 인생 속으로

당신은 내 인생 속으로 살며시 들어왔습니다

미리 알리지도 않고

초대하지도 않았는 데

하지만 내가 원하지 않은 것은 아니었습니다

당신은 내가

부드러운 손길과 다정한 미소로

누군가와 함께 있는 것을

절실히 필요로 할 때에 다가왔습니다

당신은 넓은 이해심을 가지고 왔습니다

내게 아무 것도 묻지 않았으니까요

당신의 따스한 보살핌은 나의 상처들을 치유했고

다시 건강해지도록 보살펴 주었습니다

그런 다음 당신은 그저 조용히 지켜 보았습니다

내가 세상과 마주할 수 있을 때까지

그리고 그 지혜로움으로 당신은

내가 자유로워지고자 하는 것을 깨달았습니다

그래서 당신은

아무런 구속의 끈도 묶지 않고

나를 놓아 주었습니다.

내가 어디에 있든

당신이 어디에 있든

이제 나는 당신에 대해 생각합니다

그리고 마음 속으로 되뇌입니다

"고마워요"라고.

- 예반

 # 들꽃

내가 원하는 것은 단지

몇 송이 들꽃뿐입니다

커다란 붉은 장미 다발도

예쁜 리본도

화려한 장식도

그리고 거짓말도

나는 원하지 않습니다.

나는 그저

두 세 송이의 들꽃과

모래 위의 낙서를 원합니다

조그만 실반지 하나와

당신의 자상한 느낌

빗속의 따스한 손길을 원합니다

단 한 번의 미소

그런 조그마한 것들이

내겐

정말 소중합니다.

아주 작아도 괜찮습니다

나는 완전한 것보다

불완전한 것들을

더욱 사랑할 수 있습니다.

세잎 클로버도 좋고

시들어 가는 낙엽도 좋습니다.

그런 작은 것들이
얼마나 가치있는 것인지
얼마나 소중하고
얼마나 얻기 어려운 것인지
지금 나는 알고 있습니다.

그대여
먼훗날
그저 몇 송이 들꽃만이라도
기억해주길 바랍니다.

- 다니엘 스틸

이미 당신의 것입니다

그의 존재로 인해서

따스함을 느끼고

그가 사라진 다음에도

온기가 남아 있으면

그리하여

아무리 멀리 있어도 그와

떨어져 있는 것이 아니다 느껴진다면

당신은 이미 사랑 그 자체인 것입니다

가까이 있거나

아니면 멀리 있다 하여도

그는 이미 당신의 것입니다.

- 랜 앤더슨

 ## 하루밖에 살 수 없다면

하루는 한 생애의 축소판

아침에 눈을 뜨면

하나의 생애가 시작되고

피로한 몸을 뉘여 잠자리에 들면

또 하나의 생애가 마감됩니다

우리가 단 하루밖에 살 수 없다고

가정해 봅시다

눈을 뜰 때 태어나

잠들면 죽는다는.

하루밖에 살 수 없다면

나는 당신에게

투정부리지 않을 겁니다

하루밖에 살 수 없다면

당신에게 좀더 부드럽게 대할 겁니다

아무리 힘겨운 일이 있더라도

불평하지 않을 거구요

하루밖에 살 수 없다면

더 열심히 당신을 사랑할 겁니다

아무도 미워하지 않고

모두 사랑하기만 하겠습니다.

그러나 정말 하루밖에 살 수 없다면

나는 당신만은 사랑하지 않을 겁니다

죽어서도 버리지 못할 그리움

그 엄청난 고통이 두려워

당신 등뒤에서

그저 울고만 있을 겁니다

바보처럼.

- 샤퍼

아픔이 멎는 순간까지

사람들은

아픔을 느낄 때까지 사랑하라고 합니다

하지만 우리는

아픔이 멎을 때까지 사랑할 것입니다

이것은 그대의 사랑이

그대 자신의 한 부분이 되었을 때 이루어지며

무언가가 그대 사랑의 표출을 가로막을 때

일어나는 아픔입니다.

헤아린다는 것은

한계를 의미하는 것

그러기에 헤아려 본다는 것은

사랑하는 마음에 한계를 긋고

그대 자신의 사랑에도

한계를 긋는 것이 됩니다.

사랑은

헤아릴 수 없는 것

비교한다는 것 역시

하나의 헤아림이기에

한계를 긋는 것입니다

산 사람을 다른 사람과

비교한다는 것은

한계를 긋고 제한하는 행위입니다.

우리 사랑은

한계도 없이

아무것도 가로막는 것 없이

아픔이 멎는 순간까지 영원합니다.

- 에밀리 디킨슨

잊지 않았습니다

오늘 누군가가 내게 물었습니다
당신을 잊었느냐고
묻혀버린 시간을 다시 들추어
잠깐 생각해보다 미소를 지으면서 대답했지요
아니라고.

그래요
분명 나는 잊지 않았습니다
우리가 함께했던 그 세월을
어떻게 잊을 수가 있겠습니까.

하지만

당신과의 시간을 완전히 잊어버린다는 것은

아마도 내 인생에 커다란 구멍을 만들어 놓을 것입니다

그래서 나는 당신이란 사람을

극복했다고 말할 때 조차도

오히려 당신을 잊지 않는 쪽을 선택할 수 있는 거랍니다.

- 예반

그리운 사랑

사랑은 사랑하는 사람의 가슴에
자신을 심어주는 일입니다.

더 이상 다른 사람의 모습이
담겨지지 않도록
자기만의 모습을 가득 채우는 일입니다.

사랑은 당신의 가슴에
사랑하는 사람의 모습을 담는 일입니다.
그렇게 가득히 담아서
더 이상 채울 것이 없도록
그 사람의 모습으로 가득 채우는 일입니다.

사랑은 끝이 보이지 않는 깊이입니다
사랑은 끝이 보이지 않는 높이입니다.

사랑은 고통으로 시작되어도

미움으로 시작되어도

결국 사랑입니다.

사랑은 만남이 아니라 그리움입니다

곁에 있어도 아쉽고

멀리 있어도 그리운

그것이 바로 사랑입니다.

- 조지 스위팅

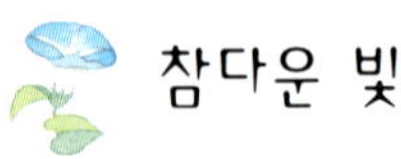 # 참다운 빛

당신의 가슴속에 사랑이 있다면
그 사랑은 저절로 전해질 뿐입니다.

당신의 가슴속에 사랑이 없다면
그 사랑은 억지로 만들 수도 없으며
보여줄 수도 없습니다.

당신의 가슴속에 진정한 사랑이 있다면
그것을 그 누군가에게 보여주려고
특별히 애쓰지 않아도 됩니다.

그 사랑은 저절로

당신의 가슴에서

참다운 빛을 발할 것이며

그 누군가의 가슴에도

빛이 되어줄 것입니다.

– 바바하리다스

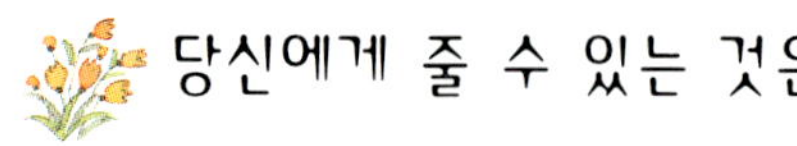

당신에게 줄 수 있는 것은

나는 당신에게

일생은 물론 단 하루도 약속할 수가 없습니다

당신과 나의 날들이

다른 사람들의 삶과 이어져 있기 때문입니다.

내가 당신에게 줄 수 있는 것은

오직 나 자신뿐입니다

우리가 얼마만큼의 세월을 함께 지내건 간에

나는 당신에게 웃음을 주겠습니다

웃음은 아름다운 것이기에

나는 당신에게 진실을 주겠습니다

진실은 순수한 것이기에

나는 당신에게 인내를 주겠습니다

인내는 믿음을 얻기 위해 필요한 것이기에

나는 당신에게 성실함을 주겠습니다

나의 성실을 통해

나의 내면과 갈망을 보여줄 수 있기에.

그대신 내가 당신에게 바라는 것은

당신의 정직과 열린 마음입니다

왜냐하면

당신의 그 정직과 열린 마음을 통해

당신의 사랑을

받을 수 있기 때문입니다.

- 작자 미상

달팽이의 사랑

아무도 살지 않는 숲속 구석에는 달팽이 한 마리와 예쁜 방울꽃이 살았습니다. 달팽이는 세상에 방울꽃이 존재한다는 것만으로도 기뻤지만 방울꽃은 그것을 몰랐습니다. 나무 잎사귀 뒤에 숨어서 방울꽃을 보다가 눈길이 마주치면 얼른 숨어 버리는 것이 달팽이의 관심이라는 것을 방울꽃은 몰랐습니다.

달팽이는 아침마다 큰 바위 두 개를 넘어서 방울꽃 옆으로 와서는 이렇게 속삭였습니다.

"저, 이슬 한 방울만 마셔도 되나요?"

달팽이의 말이 사랑이라는 것을 방울꽃은 몰랐습니다.

비바람이 부는 날에는 방울꽃 곁에 있는 바위 밑에서 잠 못 들고, 뜨겁게 내리 쬐는 햇볕 속에서 몸이 마르도록 방울꽃 옆에 있는 것이 달팽이의 사랑이라는 것을 방울꽃은 몰랐습니다.

민들레 꽃씨라도 들을까 봐 아무 말 못하는 것이 달팽이의 사랑이라는 것을 방울꽃은 정말 몰랐습니다.

그렇게 세월이 흘렀습니다. 숲에는 노란 날개를 가진 나비가 날아왔습니다. 방울꽃은 노란 나비를 좋아했고 나비는 방울꽃이 하얀 꽃이기에 좋아했습니다. 달팽이에게 이슬을 주던 방울꽃이 나비에게 꿀을 주었을 때에도 달팽이는 방울꽃이 즐거워하는 것만으로 행복해 했습니다.

"다른 이를 진정으로 좋아하는 것은 그를 자유롭게 해주는 거야."

달팽이가 민들레 꽃씨에게 이렇게 말하면서 까닭 모를 서글 픔에 눈물짓는 것이 달팽이의 사랑이라는 것을 방울꽃은 몰랐 습니다.

방울꽃 꽃잎 하나가 짙은 아침 안개 속에 떨어지던 어느 날 나비는 바람이 차가워진다며 노란 날개를 팔랑거리며 떠나갔 습니다.

나비를 보내고 슬퍼하는 방울꽃을 보며 달팽이가 흘리는 작은 눈물 방울이 사랑이라는 것을, 나비가 떠난 밤에 방울꽃 주위를 자지 않고 맴돌던 것이 달팽이의 사랑이라는 것을 방울 꽃은 몰랐습니다.

꽃잎이 바람에 다 떨어져 버리고 방울꽃도 하나의 씨앗이 되어 땅위에 떨어져 버렸을 때 흙을 곱게 덮어 주며 달팽이는 머뭇거리듯 말했습니다.

"이제 또 당신을 기다려도 되나요?"

그때서야 씨앗이 된 방울꽃은 달팽이가 마음속으로 자기를 사랑하고 있는 것을 느낄 수 있었습니다.

헤아릴 수 없어요

사랑은 나누어 갖는 것이기에
반드시 흘러넘쳐야 합니다
그리고 넘쳐흐르는 것은
헤아릴 수도
헤아릴 필요도 없습니다
사랑은 넘쳐흐르는 것
사랑을 헤아리려는 사람들은
참으로 사랑하지 않는 사람들입니다
그들이 헤아리려는 것은
자신들이 사랑하고 있다는 것을 확인하려는
한 방법에 지나지 않습니다.

진실로 사랑하는 사람은
헤아리려 하지 않습니다
자신의 사랑 자체가
이미 확신이기에

헤아릴 필요를 느끼지 않습니다
그들은 그 이상 아무 것도
바라지 않습니다.

만일 사랑 이상의 그 무엇이 있다면
그 사랑은 사랑일 수도 없고
사랑이 아닙니다
왜냐하면
사랑은 이 세상에 있는
그리고 있을 수 있는
모든 것을 포괄하는 것이기 때문입니다.

– 작자 미상

 ## 사랑을 위하여

사랑은

삶을 아름답고 빛나게 만들어 줍니다

절벽에 부딪히며 하얗게 부서지는 푸른 파도

높이 치솟으며 타오르는 불꽃

어린아이의 해맑은 얼굴에 비친 호기심

이런 것이 사랑입니다.

삶은 아름다운 것들로 어우러진 사랑입니다

사랑은 빗속에서 은은히 퍼져가는

소나무 향기이며

그대를 사랑스럽게 바라보는 그윽한 눈동자이며

따뜻하게 감싸주는 두 팔입니다

우리의 영혼까지 맑게 씻어 주며

밤하늘을 밝혀 주는 별입니다.

사랑을 위하여

모든 것을 아낌없이 버려야 합니다

사랑을 위하여

희생을 망설이지 마십시오

단 한 순간의 순수한 사랑을 위하여

수많은 세월의 고통을 즐겨 맞이해야 합니다

기쁨으로 가득한 단 한 순간을 위하여

그대의 모든 것을 기꺼이 버려야 합니다.

- 티즈데일

가끔 이런 일이 있습니다

가끔 이런 일이 있습니다

많은 사람들 가운데서

누군가가

우리가 걸어가는 길을 가로질러 스치듯 지나갑니다

그리고 그가 내게 던진 단 한 번의 시선으로

묘한 감정이 시작되어

가슴 깊은 곳에서 조금씩 커져 갑니다.

그리고 소망합니다

더 늦기 전에 이 세상을 멈출만한

신비롭고 비밀스런 주문을 외어

단 한 순간만이라도 그와 함께 지내고

서로의 감정을 알릴 수 있게 되기를.

그러나 세상은 너무 빨리 돌아가고

알 수 없는 슬픔으로 다가옵니다

우리는 그 슬픔을 애써

어색한 미소로 덮어 버리고

다시금 잊기 위해 노력합니다.

- 예반

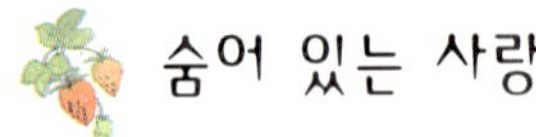

숨어 있는 사랑

사랑은 신성한 것입니다

거짓된 마음을 버리고

이 길을 따른다면

우리는 두려움에서 벗어날 수 있습니다.

사랑은 시간과 공간의 울타리에

갇히지 않습니다

때문에 우리 마음은

어떤 변화에도 방해받지 않습니다.

사랑은 굽이칩니다

사랑을 찾아

오랫동안 방황한 사람의 가슴속에서.

사랑하는 그대여

모든 존재 속에 숨어 있는 사랑은

사랑 바로 그 자체의 영원성입니다.

왜 멀리서 찾고 계십니까

왜 먼 곳만 바라보고 계십니까.

삶의 여정은

사랑의 먼지 속에서

끝없이 계속됩니다.

- 크리슈나무르티

사랑은

사랑은 강요할 수 없습니다
그러나 영원할 수는 있습니다.

사랑은 대가를 치르고 얻을 수 없습니다
그러나 놀라운 선물처럼 받을 수는 있습니다.

사랑은 만들어낼 수 없습니다
그러나 성장할 여건을 조성할 수는 있습니다.

사랑은 법으로 정할 수 없습니다
그러나 소망할 수는 있습니다.

사랑은 기대할 수 없습니다
그러나 바랄 수는 있습니다.

사랑은 의지의 표현 이상의 것이며

좋게 느끼는 그 이상의 것이며

과감하게 도전하고

타인을 만나는 그 이상의 것입니다.

사랑은 말로 표현할 수는 없습니다

사랑은 알 수 없는 것이며

우리가 가끔 되돌아 보아야만 알 수 있는

여러 가지 형태로 나타납니다

그러나 사랑은 언제나 사랑 자체를 훨씬 넘어

사랑의 기원과 그 목적을 가리킵니다.

- 샤퍼

# 사랑이 무엇인지 알고 싶습니다

사랑이 무엇인지 알고 있는 듯해도

실은 잘 모르고 있습니다

사랑이 참으로 무엇인지 알고 싶습니다

깊은 신비 속에 숨은

무한한 사랑의 위대함을 알고 싶습니다.

희생이 없는 즐거운 사랑을 생각하는 나에게

어려움과 고통을 참고 견딜 수 있는

그런 사랑이 다가옵니다

지나치게 이기적인 소망과

자기 연민을 버리는 태도가

사랑에는 요구됩니다

이러한 사랑의 요구를 알고 싶습니다.

실속없는 표면적인 사랑에 머물고 싶어질 때

자신을 송두리째 휘어잡는 사랑이 필요하다는 것을

분명히 알고 싶습니다
사랑은 온 인류를 품어안을 만큼 넓고
언제까지나 간직할 수 있는
영속성이 있어야 합니다
그리고 사랑은 지고지순의 느낌으로
마음설레일 만큼 높고
전 존재를 내어걸 수 있을 만큼 깊어야 합니다.

사랑이 지닌
이러한 폭넓음과 깊이를 알고 싶습니다
고통 없는 사랑을 바라는 나는
참사랑이 영웅적인 것까지도 요구한다는 것을
알고 싶습니다
사랑은 무한한 완전성에서 분출되는 것입니다
내가 생각하는 것을 훨씬 뛰어넘는
큰사랑이 있음을 알고 싶습니다

길섶 달콤한 사랑에 멈추고 싶어질 때
참사랑의 길은 앞으로 나아가야만 하는 길임을
알고 싶습니다.

- 샤퍼

 비수

나에게 있어

어떤 한 사람이

비수와 같은 존재이며

내가 그 칼을 가지고

내 마음을 마구 파헤쳐

에는 듯한 아픔을 느낀다면

당신은

그를

사랑하고 있는 것입니다.

- 프란츠 카프카

기다림

그대가 가을에 돌아오신다면
나는 여름을 잊고 싶습니다.

일년이 지난 후에 그대를 볼 수만 있다면
나는 세월을 둘둘 말아두겠습니다
그대가 오실 때까지.

몇 백 몇 천년의 세월이 지나더라도
나는 그 시간을 하나하나
손가락으로 헤아릴 수 있습니다
영원의 땅으로 떨어질 때까지.

이 삶이 끝날지라도
그대와 내가 함께할 수만 있다면
차라리 영원의 시간을 택하렵니다.

하지만 시간의 나래가

얼마나 오랫동안 계속될지 알 수 없기에

말할 수 없는 괴로움속에 삶을 의지합니다.

– 에밀리 디킨슨

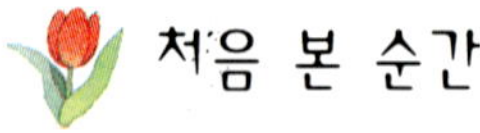 ## 처음 본 순간

그 깊은 떨림

그 벅찬 깨달음

그토록 익숙하고

그토록 가까운 느낌

그대를 처음 본 순간

사랑은 시작되었습니다.

지금껏 그날의 떨림은

내 가슴에 생생합니다

단지 천 배나 더 깊고

천 배나 더 애틋해졌습니다.

나는 그대를 영원까지 사랑하겠습니다

이 육신을 타고나

그대를 만나기 훨씬 전부터

나는 그대를 사랑하고 있었나봅니다.

그대를 처음 본 순간 그것을 알아버렸습니다.

운명

우리 둘은 이처럼 하나이며

그 무엇도 우리를 갈라놓을 수는 없습니다.

- 칼릴 지브란

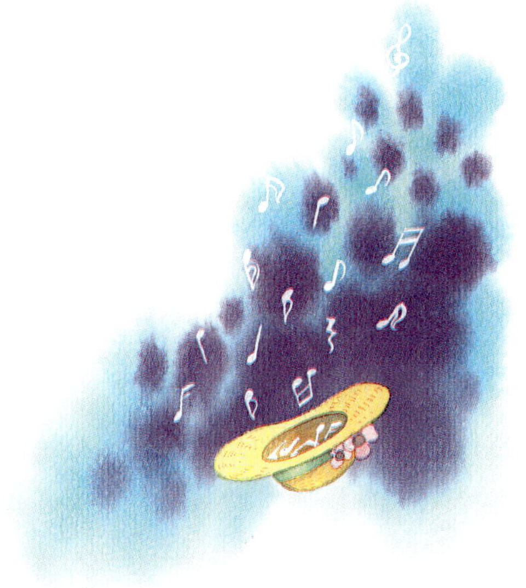

그의 존재로 인해서 따스함을 느끼고
그가 사라진 다음에도 온기가 남아 있으면
그리하여 아무리 멀리 있어도 그와 떨어져 있는 것이
아니다 느껴진다면
당신은 이미 사랑 그 자체인 것입니다.
가까이 있거나 아니면 멀리 있다 하여도
그는 이미 당신의 것입니다.

둘

이별할 때의 지금

그 마음대로 사랑하십시오

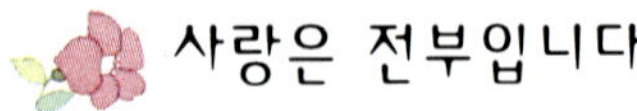

사랑은 전부입니다

인생은 어차피 시작과
우리가 알 수 없는 끝이 존재합니다
때로는 견디기 힘든 고통이 있고
갑작스런 만남과 놀라운 이별들로 얽힌
수수께끼같은 것이 인생입니다.

인생의 초록빛, 회색빛, 붉은빛, 푸른빛…….
울적한 날
구름 속에서 갑자기 나타나는 햇빛처럼
모르는 이에게서 배달되어 온
꽃다발
사랑하는 이에게서 잊혀진 생일
인생의 그 귀한 선물들
이상한 매력
강렬한 힘
때로는 심한 아픔

쓸쓸한 비
슬픔과 비탄의 날들.

인생은 신데렐라의 무도회처럼 너무 짧습니다
태양이 빛나는 동안 서둘러
나아갈 길을 만들어 놓으세요
아름다운 옷을 입고 반짝이는 구두를 신고
움츠리지 말고 걸어보세요
보석 박은 모자도 써보고
열정의 춤도 추세요.

하지만 인생이 다 가기 전에
들려줄 말이 더 이상 없어지기 전에
사랑해 보세요.

사랑은 모든 가치를 가지고 있습니다

꿈을 가질 가치

계획을 세울 가치

잠못이루는 밤에 하나의 진실

한 번의 눈길

한 번의 접촉을 위해

지구 끝까지 갈 만한 가치

사랑은 언제나 즐거움이고 숭고함입니다

또한 영원한 축제이고 무도회입니다.

진실은 말합니다

사랑은 삶이고

삶은 사랑이라고.

때문에 사랑은 전부입니다.

- 다니엘 스틸

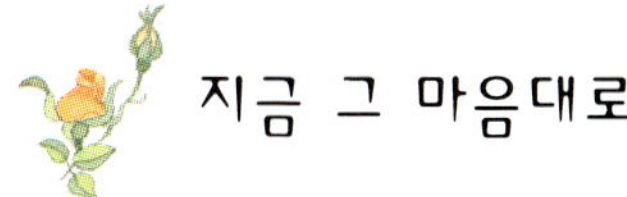

지금 그 마음대로

그대가 죽어 가고 있을 때
그 동안 이렇게 살아왔으면
하는 바람을 가질 것입니다
지금 그 소원대로 살아가십시오.

그대가 이별할 때
그동안 이렇게 사랑했더라면
하는 아쉬움을 가질 것입니다
지금 그 마음대로 사랑하십시오.

- 크리스천 퓌르히테가트 겔러트

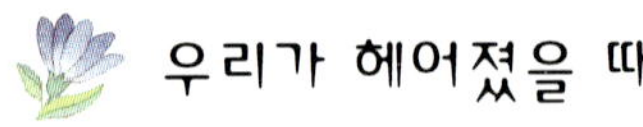 # 우리가 헤어졌을 때

눈물만 흘리며 아무 말 없이
우리가 헤어졌을 때
우리는 가슴아픈 추억으로 몇 해인가를
나뉘어 살다갈 것입니다
당신의 입맞춤은 차가웠습니다
정말로 그 시간은
슬픔의 예고였습니다.

내 이마에 싸늘하게 내린 아침이슬이
슬픔의 경고인 듯 느껴졌습니다
당신의 맹세는 모두 깨어지고
당신의 모든 것은 날아가 버렸습니다
당신의 이름이
다른 사람들 입에 오를 때
나는 부끄러웠습니다.

남몰래 만났던 우리

지금 나는 아무 말 못하고 슬픔에 잠깁니다

당신의 마음은 나를 잊어버렸고

당신의 영혼은 나를 외면했습니다

오랜 세월이 지나고

혹시라도 당신을 만난다면

당신을 어떻게 맞이해야 합니까

그때도 아무 말 없이

눈물만 흘리게 될 것입니다.

- 바이런

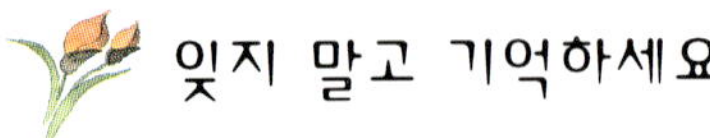

잊지 말고 기억하세요

잊지 말고 기억하세요

만일 운명이 우리를 영영 떼어 놓거든

내 슬픈 사랑을 기억하세요

헤어진 그 시절을 기억하세요

내 마음이 살아 있는 동안은

그대에게 말하겠습니다

잊지 말고 기억하라고.

잊지 말고 기억하세요

차디찬 땅 속에

내 마음이 잠들거든

잊지 말고 기억하세요

쓸쓸한 꽃잎이 하나 둘 내 무덤 위에 피면

다시는 만날 수 없겠지요

하지만 내 영혼은

정다운 누이동생처럼

그대 곁에 돌아갈 것입니다

조용한 밤이 오면

마음 가다듬고 들어보세요

속삭이는 듯한 그 소리

잊지 말고 기억하세요.

- 알프레드 드 뮈세

투명한 사랑

당신의 가슴을 활짝 열고
가슴에 사랑의 꽃을 피우려면
그대 자신을 받아들이고
타인을 받아들이고
세상의 모든 것을 받아들여야 합니다.
그러면 그대는 모든 것들이
사랑으로 충만해 있음을 발견하며
사랑이 곧 자신임을 깨닫게 됩니다.

그대가 자신을 스스로 깨우칠 때
사랑은 그대의 가슴 속에서 자라나고
마음은 더욱 순수해질 것이며
더 많은 사랑이 샘물처럼
맑게 솟아날 것입니다.
그러면 어느날 그대는
사랑과 하나가 될 것입니다.

그럴 때 그대는 언제 어디서나

순수하고 투명한 사랑을

스스로 발견하게 될 것입니다.

- 바바하리다스

이별의 여정

더 이상 참을 수 없습니다

우리가 한때 미친 듯이 사랑했기에 더욱

가슴 속을 적시는 비

견딜 수 없는 슬픔과 고통을

더 이상 참을 수 없습니다.

외로운 이 여정에

홀로 한 발짝도 더 갈 수 없습니다.

당신이 나를 위해 만들어 준 둥지에

나홀로 남겨진 채

언제나 눈물 흘리며

당신이 오기를 기다립니다

마음 속 깊은 절망으로

내 가슴 다 타들어가도

못내 당신을 기다립니다.

그러나

이제는 기다리지 않으렵니다

이대로 앉아

울고 싶지 않습니다

더이상 사랑하지도 미워하지도 않겠습니다.

그토록 풍요롭고 은은하던 그대의 미소

또다시 내 가슴에

그대를 안을 운명이 오기를

더이상 기다리지 않겠습니다.

언젠가 다시 당신을

사랑할 수 있을지 몰라도

지금은 정말 떠나가겠습니다.

- 다니엘 스틸

사랑받지 못하여

나는 온전한 외로움이며
텅빈 허공이며
떠도는 구름입니다.

나는 단지 빈 공간을 건너가는
광선입니다.

나는 우주 밖으로 흘러가는
작아지는 별입니다.

- 키들린 레인

 # 이별을 말하기 전에

이별을 말하기 전에 한 번 생각해 보세요

만남과 이별 사이에 있는 것은 무엇일까요

그 시간은

향기만으로 우리를 어지럽게 만들던

붉은 장미와 같았습니다

당신과 나의 영혼은 말없이 입맞춤을 나누었고

마법의 주문을 깨뜨릴 서글픈 말은

한마디도 없었습니다

그래요

마법의 주문을 깨뜨릴 서글픈 말은

한마디도 없었습니다.

이별을 말하기 전에 한 번 생각해 보세요
당신의 눈동자를 뜨겁게 만들던 열정에서
나는 기쁨을 느꼈습니다
당신의 침묵과 눈빛에서
세상 모두를 잊을 수 있었습니다.

나의 사랑은 변하지 않았습니다
하지만 이제
당신의 눈에서 슬픔을 보았습니다
또 쓸쓸함을 보았습니다
그러나 이별을 말하기 전에 한 번 생각해 보세요.

이별의 시간을 붙잡기에

시간은 너무도 빨리 흘러갑니다

그러나

이별을 말하기 전에 한 번 생각해 보세요

그래도 이별을 말해야 한다면

단 한마디만 말해 주세요

사랑했다고.

– 윌리엄 스탠리 브레이스웨이트

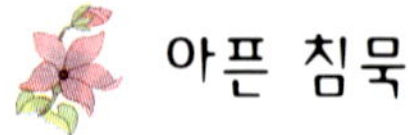# 아픈 침묵

당신의 침묵은 늘
나를 아프게 합니다
무겁게 드리운 당신의 침묵은
피가 맺힐 만큼 내게
상처를 줍니다.

그렇게 마음 상해도
사랑하고 싶었고
울며 갈망했습니다.

여전히 날 압도하는 당신의 그 모든 것을
하늘에 초상화 한 점 그릴 때
내 인생의 눈으로
곁에 계신 당신을 그립니다
당신은 영원한 나의 희망입니다.

그러나 당신이 떠나실까 두렵습니다

오늘

당신의 그 무거운 침묵이

내게는 아픔으로 다가옵니다.

- 다니엘 스틸

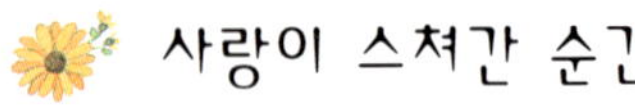# 사랑이 스쳐간 순간

두근거리며 달아오르는

보이지 않는 바람 속으로

황금빛으로 부서져 내리는 하늘 아래

희열로 몸을 떠는 대지

아늑한 물결 위를 떠다니며

입맞추는 소리

날개짓 소리를 듣습니다

내 눈은 감기고

무슨 일일까!

생각하게 만듭니다

─ 그건 사랑이 스쳐간 순간이었습니다.

- 구스타보 베께르

입맞춤

천 년에 또 천년이 걸린다고 해도

당신이 내게 입맞춤하고

내가 당신에게 입맞춤한

그 영원의 한 순간은

아무리 애써도 말로 다하지 못합니다.

- 쟈끄 프레베르

낡고 금이 간 항아리

물 항아리 두 개가 있었습니다. 그들은 벌써 2년 째 호흡을 맞춰 일을 하고 있었습니다. 그들이 하는 일은 물을 길어 나르는 지게꾼의 지게 양쪽에 매달려 주인집으로 물을 옮겨다 주는 것이었습니다. 그러나 강가에서 물을 길어 주인집 마당에 있는 항아리에 물을 부으면 어쩐 일인지 두 항아리가 채워지는 것이 아니라 한 항아리와 반 항아리만 채워지곤 하였습니다.

지게꾼은 2년 동안이나 한 항아리하고도 반 항아리의 물을 매일 같이 주인집으로 져 날랐지만 낡고 금이 간 항아리를 버리지 않고 언제나 소중히 한쪽 지게에 매달고 물을 길러 다녔습니다. 물론 완벽한 항아리는 자신이 굉장히 일을 잘한다고 생각하며 의기양양해 하였지만, 겨우 반 정도의 물을 나르는 낡고 금이 간 항아리는 자신이 일을 못한다고 부끄럽게 생각하였습니다.

그러던 어느 날, 지게꾼이 잠시 휴식을 취하기 위해 길가에서 숨을 돌리고 있는데 낡고 금이 간 항아리가 지게꾼에게 말했습니다.

"나는 내 자신이 창피해 죽겠어요. 그리고 당신에게 사과하고 싶어요."

"왜 뭐가 창피하다는 거지?"

"강에서 물을 가득 채워도 나는 주인집에 겨우 반밖에 가져갈 수 없잖아요. 잘 아시겠지만 내 몸에는 금이 가 있잖아요. 그 틈으로 물이 새기 때문에 나로서도 어쩔 수가 없어요. 나 때문에 당신이 늘 고생하는게 너무 미안하답니다."

그 말을 들은 지게꾼은 낡고 금이 간 항아리가 측은하게 생각되어 위로해 주었습니다.

"낡고 금이 간 항아리야! 강가에서 주인집으로 가는 길가를 잘 살펴보아라. 네가 매달린 쪽으로 예쁜 꽃들이 피어 있는 것을 보지 못했니? 그런데 완벽한 항아리가 있는 쪽은 어땠지? 꽃 한 송이도 볼 수 없었을 거야. 너는 길가의 꽃들에게 사랑을 준거란다. 아마 네가 아니었다면 결코 꽃을 피울 수 없었을 거야."

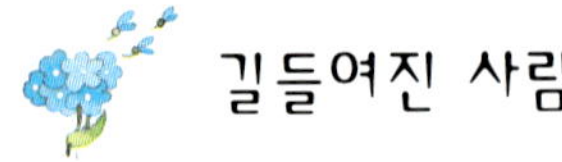

길들여진 사람

사랑은 길들여지는 것입니다
서로가 서로에게 길들여져서
익숙해지는 것입니다
서로 줄다리기하듯 당기지 마십시오
사랑은 조금씩
길들여지고 길들여져서
조금씩 다가가는 것입니다.

우리는 모두 그 누군가에게 길들여집니다

그래서 길들여진 사람끼리는

가까울수록 더 좋아지게 마련입니다

가까이 있어서 좋은 그 누군가를

우리는 그 누군가를 사랑하게 되는 것입니다.

- 찰스 스윈돌

첫입맞춤

그것은 신들이 가득 채운

사랑의 못으로부터 한 잔의 맑은 물을

처음으로 마시는 것과 같습니다

또한 마음의 기쁨과 슬픔의 의심 사이를 구분하는

경계선이기도 한 것입니다.

하늘나라에서는 시의 첫 행이며

영혼에 있어서는 인간 이야기의 첫 장입니다

그것은 과거에의 경이와

미래의 찬란함을 잇는 고리입니다

또 그것은 감동의 침묵

그 노래의 맺음말입니다

순수한 입술에서 쏟아져 내리는

유일한 언어에 의해 마음은 왕좌가 되고

사랑은 군주가 되며

충만한 왕관이 됩니다

한 번의 부드러운 맞닿음은

스치는 미풍의 간질음처럼 기쁨의 한 숨과

감미로운 신음을 토해 내게 합니다

혼란과 전율의 순간은 사랑의 세계로부터

연인들을 떼어 영감과 꿈의 영역으로 옮겨 놓습니다

그리고 최초의 만남이 사랑의 여신에 의해

인간의 마음속에 뿌려진 씨앗이라면

첫입맞춤은

삶의 첫 나뭇가지에 핀 최초의 꽃입니다.

– 칼릴 지브란

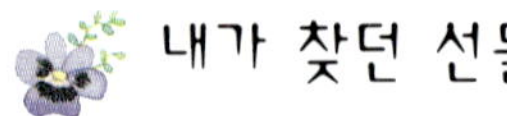 ## 내가 찾던 선물

비밀스런 선물
마법의 약물
아름다운 관념들을 가진 우리 모두는
늘 누군가와 함께 하기를
누군가에게 자랑하게 되기를 기다립니다.

우리 각자는
반 조각이며 동시에 전체이기도 합니다
지성이기도 하고
영혼이기도 하고
감성이기도 합니다.

그러나
더 훌륭한 것
더 풍부한 것
더 많은 것의 일부이기도 합니다.

그 문을 찾아
열쇠를 찾아
바로 당신
바로 나
그리고 우리는
날마다 성숙해 갑니다.

항상 꿈꿔왔지만 결코 보지 못했고
항상 느껴왔지만 결코 존재하지 않았고
항상 생각했지만 결코 알지 못했습니다
그러나 마침내
내가 늘 찾았던 그 선물이
바로 당신이었음을 깨달았습니다.

- 다니엘 스틸

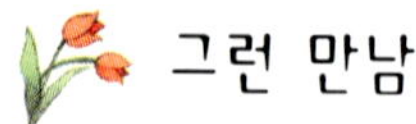# 그런 만남

우리 손을 잡고 천천히 걸어요

함께 마주 보기만 해도

기쁨으로 가득 채워지는

만남을 소망하며

그런 사랑을 나누고 싶습니다.

우리 자신만으로는

완전하지 못한 인간이기에

많은 허점들을 가지고 있습니다

이제 잡고 있는 손에 힘을 주십시오.

꿈을 찾아 헤메이다 지쳤을지라도

꿈을 찾을 때까지

서로 격려하고

서로에게 주어야 할

가장 좋은 것이 무엇인지를 생각하십시오

그 기대가 깨질지라도

서로 사랑해야만 합니다.

- 브라운

 죽고도 싶었습니다

저 산 아래

조그만 오두막집에 살고 있던

사랑하는 사람이 영원히 가 버렸습니다

둘이 앉아 있던 그 집 앞

거기에는 나무 한 그루만 남아 있습니다.

그 집을

보지 않을 수가 없습니다

눈물로 잘 보이지 않는

그때의 추억까지도……

나도 산 밑으로 내려가

죽고도 싶었습니다

사랑했던 그를 따라서

정말 죽고도 싶었습니다.

- 아이헨돌프

 ## 등돌릴 준비

무엇하나 제대로
그에게 해준 것도 없이
서서히 남이 되기를 준비하는
그대를 바라보며
왠지 낯이 익기도 하고 설기도 합니다.

정말 그대를 잘 알고 있었던 것 같았는데
등돌릴 준비를 하는 그대를 바라보며
또다른 그대임을 느끼게 합니다.

이제 나도 헤어질 준비와

잊을 각오를 해야겠지요

잊는 것이 내뜻만으로 가능하다면

먼저 돌아서는 그대를 위해서라도

꼭 잊으려 합니다.

- 작자 미상

 눈물

지난밤에 꾼 꿈이

기억나지 않습니다

하지만 너무나

슬픈 꿈이었습니다

무거운 괴로움이 잠을 깨우고

한동안 여운처럼 남아 있었습니다.

슬픔에 젖은 눈물을 흘리고 있었습니다

그때 처음으로 영혼이

기쁨으로 가득함을 느꼈습니다.

눈물은 우리를 슬프게 하지만
나는 지금 기쁜 슬픔을 느끼고 있습니다
내게 아직 눈물이 남아 있다는
사실 하나만으로.

– 구스타보 베께르

 ## 마지막 꿈

내 몸속으로부터
당신의 사랑을 끄집어내었습니다
당신의 사랑이 사라졌을 때
나의 생명도 그대로
끝났습니다.

영혼 속에 살아 숨쉬던
내 사랑의 믿음이
꺼져버렸습니다.

그리고 아무리 그대를 잊으려 애써도
마음속에서 되살아나는 것은
어쩔 수 없습니다.

나, 언제야
내 마음속 사랑의 끝이 날지

아무리 생각해도
알 수가 없습니다.
내 사랑은 슬프기만 합니다.

– 조안나 필드

사랑의 기회

사랑을 기회라고 말하겠습니다
우리에게 주어진 기회입니다
그것은 다른 사람으로부터 받을 수도 있지만
둘이 하나가 되기 위한
두 사람 모두에게 주어진 기회입니다.

사랑의 기회가 우리에게 언제 올는지
아무도 알 수 없습니다
그래서 우리는
사랑을 구하려고 애쓰지 않는 방법을
배워야만 합니다.
그러나 사랑이 찾아올 때를 위해
언제나 우리는
준비를 하고 있어야만 합니다.

– 작자 미상

# 숨겨둔 이름

내 영혼의 그림자 속에는
숨겨진 이름이 하나 있습니다.

다른 어떤 사람도 끄집어 낼 수 없는 그 이름을
나는 밤낮으로 부릅니다.

- 알퐁스 드 라마르틴

정말 하루밖에 살 수 없다면
나는 당신만은 사랑하지 않을 겁니다.
죽어서도 버리지 못할 그리움
그 엄청난 고통이 두려워
당신 등뒤에서 그저 울고만 있을 겁니다.
바보처럼.

셋

사랑은 퍼낼수록

맑은 물로 가득차는 것입니다

 # 사랑의 향기

우리는
사랑의 향기를 느낄 수 있습니다.

사랑은 우리가
힘겹고 고통스러운 삶을 살아가는 동안
여러 조각으로 갈라지는 것을
견뎌내는 힘이 됩니다.

이 세상을 살아가는 동안 우리는
참으로 많은 일들을 경험하게 됩니다.
희망과 고통
기쁨과 절망
그리고 미소와 눈물
우리가 살아가고 있는 시간은
그렇게 너그러운 것이 아닙니다.

행복이 다가오는 순간

어느 사이에 어둠의 그림자가

모습을 드러냅니다

천천히 다가오는

어둠의 그림자를 느끼면서

우리는 불안에 떨게 됩니다.

사랑으로

우리의 마음을 채우고

서로의 손을 마주 잡을 때

모든 그림자는

빛의 영역으로 들어오게 될 것입니다.

- 마샤

# 황량한 곳을 나 혼자서

사랑한다는 것은
꽃밭을 걷는 것이 아니라
황량한 사막 위를 걸어가는 것입니다.

고독한 사람은
그 누군가를 사랑하는 사람입니다
사랑하기 때문에
혼자서 참고 견뎌야 합니다
사랑하기 때문에
누구한테도 말하지 못하고
혼자서 긴 침묵의 시간을 감수해야 합니다.

사랑한다는 것은
그에게 해 준 것에 대해서가 아니라
그가 원하는 것이 무엇인지를
먼저 생각하는 것입니다

노력은 했지만

그가 원하는 것을 해 줄 수 없음을

안타깝게 생각하는 것입니다.

사랑한다는 것은

꽃밭을 걷는 것이 아니라

황량한 사막 위를 걸어가는 것입니다.

-가토 다이조

 ## 쑥스러움도 숨기고 싶은 비밀도

"내 인생은 그랬습니다"라고 다 말할 수는 있어도

끝내 마지막 남은 하나

그대는 꺼내 놓을 수 없었습니다

왠지 말하기가 싫습니다

이별이 남긴 쑥스러움도

그렇다고 숨기고 싶은 비밀도 아닙니다

그때는 많이 아프고 슬픔도 깊었습니다

이제는 그런 슬퍼지는 일은

만들고 싶지 않습니다

아주 작은 슬픔이라도

혼자서 울고

혼자서 외로워하고

고통스러워하는 일은 이제 그만 하렵니다.

남들처럼 그렇게 사랑하고

사랑 받으며 살 수는 없을지라도

혼자서 슬퍼하는 일은

이제 그만하고 싶습니다.

- 작자 미상

# 퍼낼수록 맑은 물로 가득 차는

그가 마침내

나의 곁을 떠날지라도

그를 위하여 기도할 각오 없이 사랑한다는 것은

애당초 잘못된 시작입니다

사랑은

모자라서 갈구하는 마음이 아니라

넘쳐나서 감싸주는 감정입니다.

그대

크나큰 나의 별이여

그대가 비추는 것이 없다면

무슨 행복이 있겠습니까.

자기 것을 줌으로써

스스로를 비우는 것이 아니라

도리어 자기를 완성하게 하는 것입니다.

사랑의 신비여

사랑은

퍼낼수록 더욱 맑은 물로 가득 차는 것입니다.

- 구라타 하쿠조

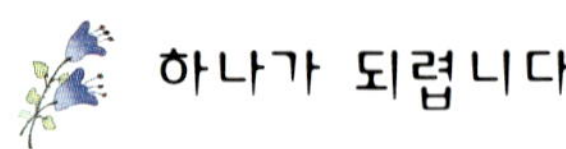

하나가 되렵니다

알지 못했습니다
이유없이 찾아온 슬픔입니다
이별은 꼭 슬픔이고
외로움이던가요
마음 속은 텅비어
아무것도 느낄 수가 없습니다
영혼조차 숨을 쉬지 못합니다.

이제는 하나이고 싶습니다
외토리가 되고 싶습니다
사람들 속에서
마구 뒤섞이고 싶지 않습니다.

아무 때나 왔다가
아무 때나 가버리는게
만남이고 헤어짐이라면

인생은 그런 것이라고 체념이나 하련만

이제는 진정

하나이고 싶습니다.

- 작자 미상

 # 헤어짐

사랑하는 사람과의
영원한 헤어짐도
어쩌면 필요한 경험입니다.

슬프고 괴로운 일이지만
가슴 아픈 고통과 절망이
우리 삶에 커다란 지혜를 주기도 합니다.

믿기 어려운 일이지만
우리가 삶의 여정에서
만나게 되는 모든 것들은
우리들이 성장할 수 있는
중요한 것들입니다.

고통의 순간이 없다면
우리의 영혼은

풍요로운 결실을
거두지 못할 것입니다.

삶이 기다리는 곳으로
사랑이 충만한 곳으로
생명이 기다리는 곳으로
영원한 사랑이 머무르는 곳으로
그 길이 우리의
삶의 여정인 것입니다.

- 마샤

 # 그리움

저녁 노을 곱게 타는 때에
그리움은 이슬처럼
촉촉히 마음을 흘러내립니다.

그래
그 한 여운으로
한 줄 바람 안고 서면
남몰래 보고픈 당신의 얼굴

보일 듯이
보일 듯이 사라져 숨어버립니다
아쉬워라
아쉬움에 타는 그리움입니다.

- 싱클레어 피어슨

 # 깊은 꿈

인생은 꿈입니다

한순간 타오르는 뜨거운 불꽃입니다

그 꿈에서 깨어나면

모든 것이 허무하게 보입니다

사라지는 연기와도 같이.

한없이 깊고

한없이 긴 꿈

죽음까지도 이어지는 그런 꿈이 있다면

나는 나의 사랑과

그대의 사랑을 꿈꿀 것입니다.

- 구스타보 베께르

 ## 사랑할 때

사랑할 때는 온 마음을 다해 사랑하며
사랑을 보여 주기를 주저하지 마십시오.

그 사랑은
마치 서녘 하늘을 물들이는 노을과도 같아
누구도 볼 수 있으며
그걸 보는 사람의 마음까지
촉촉이 적셔 줍니다
세상에서 가장 아름다운 사랑이
내면에서부터 자유롭게 흘러 넘치도록
언제나 마음의 문을 열어 두십시오.

사랑은 눈멀지 않으며
가장 최고의 것을 보며
가장 최선의 것을 불러옵니다

늘 마음의 문을 열어 두어

당신을 찾아온 영혼에게로

그 사랑이 흘러가도록 하십시오

당신 마음대로 멈추게 하거나 흘러가게 하지 말고

그 사랑이

자연스럽게 흘러 넘치도록 하십시오

당신은 그저 지켜보기만 하십시오.

- 아르게니오

# 넘쳐 흐르는 기쁨

사랑은 같은 율동에 맞춰 춤추며
서로가 서로 속에 녹아들어가
하나의 유기체가 된
두 사람 사이에서 창조되는 조화입니다.

사랑은 넘쳐 흐르는 기쁨입니다.
사랑은 자신이 그 누군가와
분리되어 있지 않다는 것을
깨달았을 때 존재합니다.

사랑은 관계라기보다

존재의 상태입니다.

한 존재가 사랑 속에 있을 때

사랑 그 자체가 되는 것입니다.

- 바바하리다스

민들레 꽃

길가의 자갈 가운데 소년을 짝사랑하는 돌멩이가 있었습니다. 그러나 소년은 돌멩이한테 눈길 한 번 주지 않았고 그저 꽃나무 앞에만 머물다가 떠날 뿐이었습니다.

돌멩이는 자기도 꽃이 되게 해 달라고 하느님께 간절하게 빌었습니다. 그러던 어느 날, 비로소 하느님이 돌멩이에게 말했습니다.

"꽃이 되면 아픔이 있을 터인데, 그래도 꽃이 되겠느냐?"

돌멩이는 힘차게 대답했습니다.

"네"

"꽃이 되면 한해밖에 살지 못할텐데, 그래도 좋단 말이냐?"

"네"

돌멩이는 그 자리에서 풀꽃이 되어 피어났습니다.

어느 날, 풀꽃이 되어 버린 돌멩이한테 소년의 눈길이 멈추었습니다. 그때부터 꽃이 된 돌멩이한테도 가슴앓이가 시작되었습니다. 어찌나 심한지 나중에는 머리까지도 하얗게 되고 말았습니다.

옆에 있는 돌멩이가 말했습니다.

　“무엇 하려고 꽃이 되어서 그 꼴이 되었니? 사랑 받지 못하더라도 우리처럼 이렇게 아픔이 없는 돌멩이가 낫지.”

　하지만 꽃이 된 돌멩이는 고개를 저었습니다.

　“아니야, 비록 아프고 한해밖에는 살지 못하지만 사랑을 나누었다는 것이 내게는 소중해.”

# 행복한 사랑은 없습니다

우리에게 주어진 것은
결코 아무 것도 없습니다
힘도
약함도
미움도.
우리가 행복을 잡았다고 믿었을 때
그것은 저만치 우리의 곁을 떠나갑니다
삶은 이상하고 모순덩어리입니다
행복한 사랑은 없습니다.

고통이 없는 사랑은 없습니다

상처 없는 사랑은 없습니다

절망 없는 사랑은 없습니다

그리고

눈물이 없는 사랑은

없습니다.

하지만

우리는 사랑하고 있습니다.

- 루이 아라공

 **참사랑**

이제 나의 모든 것을 그대의 손안에
내어 맡기렵니다.

내 모든 것을
이해하고
존중하며
사랑해주는
그 누군가를 만나면
그의 손안에
나의 전부를 내어 맡길 수 있음은

그가
내게
자유를 주는 까닭입니다.

- 메리 해스겔

네

아!
처음 피어나는 꽃들
그 꽃들의 향기는
정말로 아름답습니다.

사랑하는 사람들의
입술에서 나오는 그 첫마디
'네'
얼마나 매혹적인 속삭임인가!

- 뽈 베를렌느

언제까지나

언제까지나 당신과 함께 있고 싶습니다

자줏빛 아침이 터오면

새들이 잠을 깨고

어둠의 그늘이 사라질 때

내가 당신과 함께 있으면

아침보다도 곱고

햇빛보다도 아름답게 빛날 것입니다.

늘 당신과 함께 있고 싶습니다

그 신비로운 그늘

새로 태어난 자연의 침묵 속에서

홀로 당신과 단둘이만 있고 싶습니다

평온한 이슬과 아침의 신선함 속에서.

- 스토우

 ## 사랑은

사랑은

날 때부터의 상태가 아닙니다

그러나 이기심과 질투와 무관심은 그렇습니다.

사랑은

예식이나 희망적 관측으로

얻어지는 것이 아닙니다.

사랑은

서약으로 강요할 수도 없습니다.

사랑은

결코 한 곳에 머물러 있지 않습니다.

사랑은

내일을 위해 저축할 수도 없습니다

지난날의 사랑이
오늘의 욕구를 충족시켜 주지도 못합니다.

사랑은
선물로 주어집니다.

사랑은
끊임없이 새로워져야 합니다.

사랑은
삶 속에서의 체험으로 성장합니다.

사랑은 우리 자신을 받아들임으로써
우리가 서로를 받아들임으로써 비로소 성장하는 것입니다.

- 샤퍼

# 사랑의 진실

진정한 사랑이

그대의 가슴속 깊은 곳에서

자라나도록 하십시오

사랑은 마음이 순수해질수록

맑은 물이 솟아나는 것처럼

그렇게 사랑도 솟아날 것입니다

그러면 어느 날 그대는

마음과 마음이 하나가 될 것입니다

사랑과 사랑이 하나가 될 것입니다.

- 바바하리다스

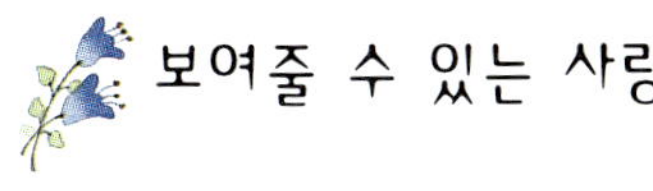

보여줄 수 있는 사랑

보여줄 수 있는

사랑은 아주 작습니다

그 뒤에 숨어 있는

보이지 않는

위대함에

견주어 보면.

– 칼릴 지브란

 운명

사랑은 운명입니다.

사랑을 하고 있을 때에는
그 사랑에 맞서는 것은 무의미한 일입니다.
마치 심연에까지 밀려들어가
그 심연까지도 전복시키려는 일이
불가능하듯이 말입니다.

사랑은 운명입니다

우리가 살아 있는 한

그 누가

그 운명을

그 사랑을

거부할 수 있겠습니까.

- 디오티마

 # 아름다운 이별

사랑하는 마음으로 헤어져 가는 건

아름다운 이별입니다

아니 그건

이별이 아닙니다

떠나도 떠남이 아닌지라

마음 한자리 차지하고 있을 뿐입니다.

몸이 멀어진다고 이별은 아닙니다

마음속에서 마저 지워버렸을 때

마음속에서 그 누군가가 미워졌을 때

그것이 바로

이별입니다.

– 마틴 벅스바움

 침묵

조용한 것은 아름답습니다

눈은 소리 없이 내리며

날아가는 새의 깃털도 소리 없이 떨어집니다

장미꽃에서 떨어진 잎새도 사뿐히 땅을 밟습니다

사랑도 참 사랑스러우면 소리가 없습니다.

- 조지 스위팅

 # 생명의 꿀

그 누군가에게 사랑받는 것보다

더 좋은 일은

그 누군가를 사랑하는 것입니다.

우리는 그 누군가를 사랑하느냐에 따라

또 무엇을 사랑하느냐에 따라

전혀 다른 사람이 됩니다.

생명이 꽃이라면

사랑은

바로 그 생명에서 나오는 꿀이라고 할 수 있습니다.

– 디오티마

 간격

당신을 아는 것에서

당신을 사랑하기까지에는

얼마나 먼 거리가 있는 것입니까.

그 간격

내가

빠져 죽어도 좋을…….

- 작자 미상

■

한상현
서울에서 태어나
수년동안 인간의 의식과
삶의 철학에 관해 깊은 관심을 가지고
틈틈히 창작활동에 몰두하였다.
그의 저서로는 「마음과 마음을 이어주는 소중한 이야기」,
「마음을 열어주는 소중한 이야기」, 등이 있으며
시집으로는 「멈춰진 시간속에」, 「소중한 그 누군가와 함께」 등 다수가 있다.

당신의 사랑으로 남고 싶습니다

엮은이 / 한상현
펴낸이 / 최병섭
펴낸곳 / 이가출판사

초판 1쇄 발행 / 2000년 7월 15일
초판 3쇄 발행 / 2003년 1월 15일

출판등록 / 1987년 11월 23일 제 1-547호
주소 / 서울시 마포구 신수동 448-6
전화번호 / 713-1993, FAX / 713-1994

값 5,000원

잘못된 책은 바꿔드립니다

ISBN 89-7547-051-2